KB069392

청어詩人選 206

관덕정 일기

돌아가기 위해 떠나는 여정

이금한 시집

도서출판 청어

관덕정 일기

돌아가기 위해 떠나는 여정

시인의 말

절망은 몸으로 왔고, 희망은 맘에서 사라졌다. 관덕정 일기는 아득함의 끝에서 빛을 찾아가는 약 90일 간의 이야기다. 삶이 길을 잃을 때, 그 자리에 주저앉을 수만은 없었으므로 새로운 길을 찾아 희망을 놓지 않으려는 무엇인가를 해야 했다.

제주를 목적으로 정한 것은 우연이 아니었다. 현실에서 가장 멀리 떨어져 있는 현실의 꿈같은 곳, 모든 것을 잊기에 적합했고 다 잊고 나서 서서히 돌아오기에 최적의 거리였다.

삶은 생활과 여행의 중간쯤에 있는 것이므로 한쪽으로 치우치지 않고 균형을 유지하는 노력이 필요하다. 아픔을 망각으로 치유할 수는 없었다. 하루하루 새로운 삶을 살아가듯 새 날을 맞았고, 매일 희망을 찾아 여행을 떠나고 있었다. 하루가 쌓여 90일이 되었고, 컴컴했던 머릿속은 새로운 것을 받아들일 준비가 되었다.

희망은 몸으로 왔고 절망을 맘에서 사라졌다. 늦겨울 메마른 나무 등걸처럼 잃었던 감각을 찾아가는 시간, 봄이 되자 고목의 밑동에서 새잎이 돋듯 마음에는 빛의 씨앗이 발아하고 있었다.

아득한 시간은 추억이 되었다. 치료를 시작한 지 5년이 되었고 완치 판정을 받았다. 절망의 끝에서 30여 년간의 시편을 모아 첫 시집을 발간하였고, 희망의 시작에서 두 번째 시집을 발간한다. 희망을 잃지 않는 한, 그 숫자는 더하고 더할 것이다. 삶의 궤적인 것이다.

2019년 가을

이금한

차례

1부 운명은 정해진 길을 간다

2부 아내와의 통화

3부 혼자에게 다시 갇히다

4부 숨비소리

시작의 글

두고 떠나며

마음을 먹기가 어려운 것이지
행하는 것은 금방이다
한 달여를 맴돌던 생각이 여울을 떠났다
아카시아 향 가득한 버스를 타고
어두운 길 우면동을 빠져 나온다

공항은 떠나가는 사람들로 가득했다
시간을 벗어나려는 사람들
새로움을 찾으려는 사람들 그리고
일이 끝나 돌아오는 사람들로
교차하고 있었다

강이 산천경개를 어울려서 흐르듯이
굴곡은 삶의 어울림이다
몸을 놓고 마음을 굳게 잡으며
희망의 땅에 깊이 내딛는다
먼 시간을 돌아서
곧 돌아올 것이다

제주에서

홀로서기

안개가 가득한 활주로는
돌아갈 수 있는 유일한 출구이다
목적을 향해 매일 떠나는 비행기는
떠나면서 선명해지는 길을 거슬러
수시로 돌아올 것이다

처음인 길이 쉬이 보이겠는가
길은 하루 이틀 만에 열리지 않는다
기다리는 사람과 떠나간 사람이 만나고
수없는 발자국이 닏고 어긋나야
흔적 하나 날 것이다

마음을 주고 가다보면
한라산은 조금씩 가까워질 것이고
제주바다는 수시로 길을 열 것이다
걱정이 선명해지는 시작은
다 같다

첫째 날

돌아가기 위해 떠나는 여정

일순간 잘 풀리는 듯 보이던 일이 어느 순간 엉클어졌다. 계획대로 이루어지는 일은 그리 흔하지 않다. 처음부터 일은 이상하게 흘러가고 있었다. 집주인이 방을 다른 사람에게 줬다는 것이다. 서울에서 오려면 늦을 테니 늦은 시간이라도 괜찮다더니 덜컥 넘긴 것이리라. 황당하고 서운한 마음에 깜깜하기까지 하다.

잘 알지도 못하는 타지에서 어쩌란 것인지 공항에 도착하자마자 급해지는 마음에 서두름만 앞선다. 구 도심의 게스트하우스에 짐을 풀고 정보지를 다시 훑어보려 거리를 다 뒤졌으나 정보지통은 텅텅 비어있는 것이다. 용담사거리에서 시작하여 서문시장을 거쳐 동문시장을 다 돌고나서도 아무런 소득 없이 끝나고 말았다. 웬만했으면 동문시장 골목을 돌다가 수산물 코너에서 그 싱싱한 회 한 접시에 막걸리 한잔을 시원하게 부었을 만도 한데 입맛만 다시면서 돌아오는 모습이 처량하게 연출된 것은 마음이 무거웠기 때문이었으리라.

해는 이미 넘어 갔지만 초여름의 밤은 아직 밝은 빛을 가지고 있었다. 주택 사이로 핀 낯익은 꽃을 보니 걱정이 사라지는 기분이어서 밤바람을 쐬려 빗길을 나선다. 하루 사이에 삶의 굴곡이 펴지고 꺾일 이유가 없으므로 골목길을 휘휘 돌고나서야 아쉬움을 접는 것이었다. 아침 일찍 서두르기로 마음을 먹는다.

삼개월을 요량하고 시작한 객지생활의 첫날은 이렇게 시작되고 있었다. 김포공항을 출발할 때 폭우로 내리던 비가 제주 상공에서는 햇빛만 환하더니 어둠이 지면서 안개비가 흩뿌리기 시작한다. 밤이 깊어지면서 비도 거세진다는 예보인데 오도가도 못 하는 내 신세나 밤새도록 내릴 비 신세나 처량하기는 마찬가지이니 시원하게 소나기처럼 마음 한자락 쏟아 볼 일이다. 내일은 또 내일의 비가 내릴 테니.

석 달을 요량하여 길을 열었다.
꾸물거리던 하늘이 마침내 울었다.
헤어짐은 흐려지므로 늘 서글픈 것
그러나 만남이란 잊기 전에 돌아오는 것
먼저 떠나간 것이 돌아오지 않아도
바람의 등을 타고 불어오는 바람처럼
마침내 돌아올 것이다.
느린 걸음으로 새로운 시간을 품고
순서대로 내리는 빗방울로 끝끝내 만날 것이다.
석 달 내내 길을 떠나가기도 하지만
하루 만에 돌아오기도 한다.

둘째 날

삶을 바라보다

얼마나 잠을 잤는지 잠에서 깨었는데 사방이 깜깜하다. 눈을 떠 아무리 둘러보아도 암흑이다. 빛이라고는 들이치지 않으니 피곤이 다 가셔라 하고 누워있을 수밖에. 시계를 보니 일곱 시가 한참 지났다. 해가 중천인 것이다.

골목으로 나가니 보슬비가 소리 없이 내리다가 그쳤다. 정보지를 종류별로 하나씩 챙겨와 여기저기 전화를 걸어 확인했다. 저렴하면서 교통이 좋은 곳들은 이미 다 나가 버렸단다. 가격을 조금씩 올려가던 중에 하나가 걸렸다. 거리도 가깝고 시내 중심지이고 가격도 좋은 편이라 보고 싶다고 하니 주소를 불러주며 가보란다.

버스정거장에서 20미터, 이보다 더 가까울 수는 없다. 외관은 양호한데 침대 하나가 있고 화장실과 싱크대 그리고 삼단 문갑이 전부인 게 너무 단출하다. 집주인과 통화를 하니 티브이와 냉장고를 넣어 준단다. 이불도 한 채 주기로 하였으니 쓸고 닦고 옷걸이 하나 설치하면 완벽할 일이었다.

생각보다 쉽게 일이 풀어지는 게 입맛이 제대로 돌아온 느낌이다. 청소도구와 옷걸이를 사 못질을 하고 깨끗하게 청소를 하였으니 정상적인 출근이 가능하게 되었다. 객지에서의 첫발을 잘 내딛어야겠지. 빛나는 내일이여 오라.

눈에 보이는 것만이
삶이라 여기던 적이 있다.
미래가 보이지 않던 날
내일이 사라졌다 여겼다.

신호등이 선명하게 보이는 교차로
가로지르며 지나가는 것들은
다시 만나기 쉽지 않다.
사라지는 동작보다 느리게 나타나는 순간
기억은 흐려지고 무뎌져버린다.

보이지 않는 것은 그대로 두어야 한다.
정지된 과거의 틀 안에는
새로운 시간이 움직이고 있다.
움직임을 따라가 보면
대칭선에 존재하는 것이 있다.

나와 내가 바뀌는 삶의 흔적을
찾아 나서는 순간이 있다.

셋째 날

꽃이 된 남자

아침 길가에 꽃이 피었다
담벼락을 경계로
햇살이 빛난다
꽃향기를 흘려보낸 돌담은
바람의 길을 연다
햇살은 그저 담을 넘는 게 아닐 게다
길가 이쪽의 햇살이
길가 저쪽의 꽃망울로 피었으니
바람이 제 방향으로 불겠다
터 잡은 출근길이 행복하다
일하러 가기를 멈추고
꽃으로 피었다

1부

운명은 정해진 길을 간다

관덕정 일기_1

운명은 정해진 길을 간다

무엇을 다시 시작한다는 것은
처음에 서 있는 두려움의 발로이다
빗물이 흐르며 스미는 것과 같이
동화되고 사라지는 일이다

가야할 길은 정해져 있는 것이다
하늘이 더 깨끗한 오후
바람은 같은 자리를 맴돌고 있다
사람이 그리워지는 시간

서툰 일을 마치고 귀가를 서두르면
발걸음은 가로수 잎을 흔드는 것이다
낮게 걸려있는 야자수 잎들이
하늘 높이 날고 있다
돌아가려는 의지가 힘차게 표출되었다
가장 낮은 음으로 노을이 깊어간다

하루가 적립되었다

관덕정 일기_2

아, 관덕정을 품다

제주목관아 맞은편에 숙소를 정하다
역사를 거슬러 살 수는 없어도
이름과 면목을 이어 살 수는 있다
관아 광장에 있었다는 관덕정
활을 당기는 초심으로 덕을 당겼으니
마음은 시위를 떠나 지금에 이르다
명분의 터에 자리를 정하여 누으니
삶이 역사 속으로 깊어지다
다른 시간에 같은 곳을 살아가는 우리는
골목에 일렁이는 바람처럼
지나치는 시간의 일부였는지도 모른다
삶의 터를 정하는 일은 언제나
역사의 맥락을 벗어나지 못한다
관덕정 버스정류소에는 아침저녁으로
내리고 타고 도착하고 떠나고
같은 시간에 같은 곳에서의 삶이
깨어나 걸어가고 있다

관덕정 일기_3

미로의 길을 열다

찾지 않으면 보이지 않는다
한라산을 바라보면 수많은 봉우리가
제각각의 높이와 그림자를 가지고 있음을
저절로 알 수 있다
먼 바다를 바라보면 수많은 파도가
제각각의 진폭과 파고를 가지고 있음을

가만히 있으면 보이지 않는다
바라본다고 다 보이는 건 아니다
마음으로 보아야 알 수 있는 것이다
침묵 뒤에는 많은 마음이
읽혀지지 않은 채 숨겨져 있다

제주공항 바다 쪽으로 샛길이 있다
한라산과 제주바다가 정비례로 보이는 길가에
한동안 움직이지 않는 사람들
언덕길에서는 자전거도 달려가지 못한다

구불거리며 길은 사라지고
꽃과 바람이 철책을 사이에 두고
경계를 넘어 흐드러진다
세상과의 소통을 기다리는 원시의 공간
그 사이로 들어간다

관덕정 일기_4

동문시장 파장 시간

샤워를 마친 시간이 가벼운 옷자락
어둠을 밟고 중앙로 사거리로 나선다
발길을 밝히던 점포의 불빛이
시장의 문에 닫히고 있다
있는 것과 있는 것이 다르므로
시장은 서로 삶과 꿈을 바꾸고 있다

목적을 얻은 사람들은 돌아가고
팔리지 못한 것들은 구석에 자리한다
포장된 하루가 다 팔려간 광장
동문시장은 어둠을 연다
거대한 그림자가 드리운다

날은 무덥고 해는 길어져
늦은 시간 자리를 지키는 시장의 뒷골목
찾기 위해서는 서둘러야한다
동문시장의 파장은 순식간으로 온다
시간이 늦으면 머무르지 못한다

마지막 손님을 기다리는 주인과
마지막 물건을 찾는 사람들은
빛과 어둠의 갈림길에서
서로가 가진 것들의 결을 살피고 있다

정리된 점포 위의 불빛은 기다림이다
제때에 도착하지 못한 사람들은
어둠으로 흐르고 있다
그림자는 사라졌다

관덕정 일기_5

산지천 광장 축제

파장된 시장골목을 빠져나오면
산지천 광장은 축제에 든다
화려한 불빛과 경쾌한 리듬이
건널목을 건너오고 있다
바람에 일렁이는 사람들이 모였다

춤추는 등은 바장조이다
같은 사람들이 모여 무대가 되고
서로 다른 무대가 모여 군중이 된다
밤의 광장은 서로 곁을 나눈
이웃들의 흥겨운 음계이다

비가 그치면 곧바로 사라지는
산지천은 대중의 열기와 같이 건천이다
제주항에 이르기도 전에 스며들거나
바다에 몸을 섞는다

바다로 흘러가는 개천들 중에
민물로 남는 것은 없다
군중들은 결속이 풀리면서 흩어지고
뜨거움을 다 분출한 광장은
산지천을 따라 바다로 흘러들었다
삶이 자리를 바꾸고 있다

관덕정 일기_6

회식

용담 레포츠 공원에 노을이 진다
아이의 가족은 텐트를 치고
반바지 차림으로 행복을 마신다
만찬을 위하여 서둘러 모이는 사람들
한 달 내내 멀어졌던 관계를
하루만이라도 가까이 하려는 것이다

바닷바람이 붉게 물드는 언덕
바다와 하늘이 어둠으로 사라진다
어떤 이를 마음에서 밀어내는 일은
빛이 다 빠져나가도록 계속될 것이다
아득하도록 평생을 밀어내 온 일을
한 번만이라도 멈추려는 것이다

음식을 준비하며 마음을 나눈다
오가는 말들은 늘 부족하다
말이란 전달하는 순간 사라지는 것
음식이 익으며 본성을 바꾸듯
음과 뜻이 새롭게 새겨지고 있다

배타적인 사람이 속을 섞는 회식
식구가 되어 저녁을 먹는다
가던 길을 가는 그들 옆으로
새로운 길을 지으며 간다
하늘과 바다가 교집합인 시간에
선 하나를 넘어 간다

관덕정 일기_7

마트 장보기

비가 그치기를 기다려 마트로 간다
바다로 가는 길은 젖어있고
우산이 없이도 간다
젖은 마음을 밟고 가는 오후
하늘은 노을 없이도 어두워지고 있다

혼자 살아가는 열흘째 날
고독하기 적당한 시간이다
모든 것을 두고 새로워지기는 어렵다
가족과 멀리 떠나왔으므로
고립되는 시간을 벗어나야 한다

휴일의 틈새는 여유로워
빨래를 하고 시장을 보고나면
골목길에 비가 스며들 듯 순간이다
어제까지 푸르게 열리던 바다가
비가 오면서 닫혀 버렸다
흐린 마음으로는 멀리 보이지 않는다

낮은 하늘이 어둠을 재촉하고 있다
마트에서 돌아오는 길은
먹거리가 가득하여서 좋다
열흘의 고독은 아무것도 아니다
더 긴 기간의 생존을 준비하였으므로
젖은 마음이 가볍다

관덕정 일기_8

길 위에서

매일 지나쳐도 모른다
보고 싶은 것만 보았기에
앞에 두고도 알아차리지 못한다
아무리 보아도 모른다
보이지 않는 각이 있다는 것을

길의 시각은 늘 같았다
평생 같은 자리를 지키고 있었으므로
바라보는 각은 같은 것이다
길이 보이지 않는 이유는 있다
외길에서는 외길이 보이지 않는다

늘 한 곳을 향하는 사람은
길을 찾지 못한다
먼 곳에서부터 균형을 맞추면
비대칭에서 벗어나 제자리로 돌아가는
그 길이 선명해질 것이다

오래 바라보고 있다는 것은
마음이 실렸다는 것이다
보기에는 균형이 깨져가고 있어도
무게 중심은 축을 따라가는 것이다
사선으로 길게 난 지점에서
관조의 각을 찾는다

관덕정 일기_9

표선 해비치에서

한라의 동쪽 능선을 넘자
더 넓은 바다, 표선이다
길의 끝에 목적이 있는 건 아니었다
되돌아 올 의미를 찾거나
끊어진 길에서 길을 열어야 했다

바다는 길이 끝나는 곳 마다
등대를 하나씩 세워 놓았다
해비치 해안으로 길을 트자
거센 바람에 일렁이던 얼굴들이
하얀 포말로 다가온다

그리움이란 그런 것이다
기다리다가 결국 혼자가 되는 것
다가서면 멀어지고 사라지는 것
너를 찾아 떠난 길은 아니었다
너를 혼자 둔 건 아니었다

등대는 새로운 길을 연다
어디에도 없는 지표를 찾는다
방파제를 따라 돌아 나오는 길
등대의 불빛은 바다를 밝히고 있다
돌이킬 수 없는 시간을 두고

기다리는 게 아니었다
찾으려는 게 아니었다
길이 끝난 해안을 돌아 나온다

관덕정 일기_10
빈 의자

안개가 낀 날에는 자전거를 타자
메밀꽃 돌담을 넘지 못하여
안개가 되는 들길에서
하늘이 낮은 날에는 언덕을 오르자
앞이 보이지 않는 아득함
동행하는 이는 길 위에서 의자가 되고
안개비가 내려 선명해진 길 위로
달려가 바다가 되자

먼 바다가 흐린 하늘과 하나 되는 날에는
자전거를 타고 해안을 달리자
카페를 지나치고 펜션을 지나치자
바람이 잦아지고 파도가 숨을 죽이는
정오를 넘긴 시간에는 자전거를 타자
용담에서 애월까지 단숨에 가자
한적한 의자 하나 보이면 쉬어서 가자
안개비 내리는 오후
안개가 되자

일행은 한참 전에 길을 떠났지만
사내는 의자에 깊숙이 앉아 있다
바다가 안개인 평평한 들에서
한라산은 안개로 보이지 않는다
의자는 쉬어가는 순간 행복이 된다
한동안 안개가 되었던 사내는
몸을 털어낸다

사내는 막 떠났고
빈 의자 하나 남았다

관덕정 일기_11

문득 문득

중문 카지노에 갔다
들어가려 한 것은 아니었다
경험하지 못한 것을 어찌 알랴
돌아오는 길에 로또를 사려다 말았다
절망이 없으니 절실함은 없다

로또 추첨을 하고 있다
번호 하나하나가 확률의 기회이다
의미 없는 숫자의 순번이
누군가의 꿈으로 나타나는 것이다
빈 웃음이 섬광처럼 사라진다

기대하는 것은 희망이고
외면하는 것은 현실이다
다시 중문 카지노에 가면
한번은 문턱을 넘어보려 한다

관덕정 일기_12

추자도의 여름

제주의 여름이 깊어간다
섬은 친구와 떠나는 여름날이다
땀을 흘리며 걷는 언덕의 시간들은
해풍에 씻긴 시원함이다

퀸스타2호가 바닷길을 열었다
제주여객터미널을 출항한 배는
한 시간의 시차를 두고 상추자도항에 이른다
새로운 시간이 정지된 공간에 드는 것이다

졸음에 겨운 섬은 쾌속선을 내려놓고
움직임 없던 상가에 활달함을 들여 놓는다
갈등하고 번민하던 시간은 이미
새로운 기운으로 번지고 있다

서서히 바뀐 조류가 해안을 만든 것처럼
길은 지표가 없어도 역사를 만들어 간다
친구가 걸어 나간 길에서 생각한다
섬은 길을 찾던 여름으로 기억된다

관덕정 일기_13

뿔소라 회를 먹다

뿔소라가 맨 몸으로 다가왔다
속살거리며 입속에서 사라져
온전하게 맛의 끝을 보았으니
나는 내내 행복하겠다

외로움과 고요의 침묵을 벗어나
맨 몸이었던 날의 기억이 생생하게
풍요로운 입맛에 맡겼으니
너는 불행하진 않겠다

너와의 교감이 이루어지는 동안
포만감은 잊어버린 삶을 또 채웠으니
밤새 순환되는 인연의 고리가
내내 결속되어 가겠다

무엇이 무엇으로 되었는지
누가 누구를 품었는지
서로가 서로에게 다가가는 시간
새 날은 또 시작되고 있다

관덕정 일기_14

유월이 오는 정류장

오월이 간다고 잊어지는 게 아니다
사라봉에 핀 철쭉이 시들해졌다고
다음 해 꽃대 오르길 마다할 것인가
낯선 곳에서 낯을 익히려는 건
처음 아름다웠다 기억하는 것이다

유월이 온다고 익숙해지는 게 아니다
돈대산 능선에 핀 찔레가 바다를 향한다고
길섶에서 수줍게 만개하던 때를 모를 것인가
잊으려 낯선 곳으로 떠나온 것은 아니다
언제의 마음을 찾으려는 것이다

인연은 찾아 나서는 것이다
무작정 기다리다보면 허울만이 남아
본래의 감정은 다 흩어지고 말 것이다
사라지는 건 끝나는 것이다
사랑은 잊지 않고 기억하므로 유효하다

다른 것들의 터가 된 집이 있다
그들은 떠나기 싫었을 것이다
다시 돌아오고 싶어도 내색하지 못하고
영원히 떠나갔을지도 모른다
그리움은 잊었으므로 무효이다

바람에 날리는 한가로움
유월이 오는 정류장에서 기억한다
사랑은 어느 순간에 잊혀졌는가
그리움은 언제 시작했는가
부둣가로 버스가 지나간다
종점을 돌아오려면 한참은 걸리겠다

관덕정 일기_15

식구가 되는 일

제주방송국에서 밥을 먹는다
며칠에 한 번 지나가는 길에
몇몇이 모여 식사를 한다
여럿이 줄을 서서 밥을 먹는 일
한솥밥을 먹는 식구가 되는 것이다

폭포가 계단을 내려오는 오후 한 시
점심을 먹으러 구내식당으로 간다
한 끼를 먹기에 적당한 시간
외부 사람들을 위하여 개방한 것이다
개방은 포용이고 교류의 기본이다

누구나가 먹고 마시는 식당과 커피숍
한 끼 동안 식구가 되는 것이다
식사는 타인과의 삶을 연결하는 일
밥을 먹으며 만나는 사람들의 공유
곳곳의 물길이 흘러 만나는 것과 같다

방송국 로비에서는 사진전이 열렸다
나른한 여름날에 한라산 들꽃들이
방송국 구석구석에 피어났다
고객의 귀와 눈이 연결되는 방송국에서
각지에서 모인 사람들이 들꽃으로 피는 것이다
식구가 되는 것이다

관덕정 일기_16

보리밭 너머로 부는 바람

잘 익은 바닷바람이 분다
무성한 초록의 담을 넘어오는 금빛이다
기다리는 것은 언젠가 오는 법
들판이 다 익어 제자리에 서 있으면
바람은 때맞춰 불어올 것이다

금빛 보리밭이 출렁이는 오후
노부부의 쉰 머리카락은 풍요롭다
하얀 등대 펜션의 뒷길 소나무 숲으로
잘 여문 보리 냄새가 실려 온다
성긴 보릿단이 콤바인에 넘어가고
여름은 한창 무르익었다

사라봉 위로 비행기가 날아가는 건
새로운 계절이 시작되었기 때문이다
이별의 중심에서 점점 멀어져가는 동안
담장 너머엔 새로운 모종이 시작되었다

보리는, 청청한 시절을 다 보내고
어느 밥그릇에서 소멸할 것이다
금빛 보리 수확하고 난 들판에
파릇한 새순이 돋을 것이다
잘 익은 바람이 분다

관덕정 일기_17

외롭기 시작하다

외롭지 않다고 말했다
견딜만 하다고 말했다
하루하루 살아내면 되는 줄 알았다
그리움은 쉬이 무뎌질 줄 알았다

무수한 물방울이 모인 구름 속에
한숨 하나 더 쉬는다고
비가 되어 내리지는 않는다

기다리지 않는다고 말했다
언젠가 돌아가겠다 말했다
다음날 아침 내내 비가 내렸다
비가 그치길 종일 기다렸다
외로움은 고독을 지나가는 지름길이다

현실이 침묵으로 일관하는 동안
순간순간 생각이 멈추곤 하였다
견딜 수 있는 만큼의 마음이 부족했다
돌아가려는 마음이 발아하고 있음이다

외로움은 충분히 견딜만한 공간이다
비가 오는 날 비의 행적을 바라보며
하루를 보내면 되는 일이다
다음날에는 해가 뜨겠다

관덕정 일기_18

잃어버린 기억 티나 카페에서

티나 카페를 찾은 것은 늦은 시간이었다
서귀포 밤바람은 과테말라산 드롭커피와 어울렸고
어둠은 이내 진한 향으로 사라졌다
파티쉐는 오븐의 시간을 재고
그 밤은 시간이 없는 순간이었다

침묵은 유일한 통로이다
외면함으로 오히려 가까워지는 순간
잃어버린 기억이 하나 둘 떨어지고 있다
시간은 지나면서 사라지는 거품이었다

외진 골목길을 걸어 나왔다
티나는 다시 돌아갈 밤을 밝히고 서 있었고
하나하나 낙화하는
기억의 어지러운 길을 망설였다

잊기 위해 지나치는 것은
무심함 중에서 가장 큰 가식이었다
불빛이 섞이지 않게 깨어나는 그림자
서로가 뒤돌아 있음에는 이유가 있다
기다리는 사람과 돌아서는 사람의 모습은
결국 하나의 공간에서 사라지고 있었다

밤새 가슴 두근거리던 시간
과테말라산 드롭커피의 진한 향이
안개를 채색하는 언덕의 싱그러움으로
제자리에 그대로 있다
익숙한 향이 장마처럼 내리던 그곳은

관덕정 일기_19

노인은 홀로 버스를 타고

앞섶을 잘 여민 노인이 굳게 앉아 있다
가슴팍 사이로 풍경이 스쳐 지나간다
평생을 닫고 또 닫았을 그 속을
가지런히 쓸어안으며 그는
오늘은 해결을 하려마 길을 나섰다

육지로 나간 아이들은 때가 되어
어김없이 들어오곤 하지만
자고나면 아이들은 사라지고 없었다
밤새 들이치는 바람소리를 버릴 수 없어
함께 살 꿈은 버린 지 오래다

스스로 벗어날 수는 없었다
제주공항으로 들어선 버스는
노인을 태운 채로 빠져나가 버린다
마음만이 내렸다 타기를 반복하며
건널목 신호등에서 깜박거리는 것이다

소망을 잊은 노인은 내리지 못했고
한동안 지나쳐 갈 것이다
고속화 된 평화로를 벗어나
마음이 평화로울 때까지 달려
모슬포항 쯤에서나 내릴 것이다

길이 끝나는 곳에서 멈추거나
어느 이름 잊은 목적지를 향할 것이다
무작정 내린 시외버스의 종착지에는
뱃길이 또한 닫히고 있었다
여럿이 서둘러 마라도 가는 길
홀로 떨어져 남았다

관덕정 일기_20

용연별곡

용연으로 간다
감추어진 것은 신비롭다
가슴속 깊은 곳에 꿈을 간직하듯
벽화골목을 지나 감추어진 용연
한천이 끝나는 바다에서 용천수를 뿜어
날마다 새롭게 흘러들어 샘이 되는 곳
그 꿈을 끄집어내려

용연으로 간다
처음 만나면 새롭고 그 다음에는 신비로운 곳
용두암 고고한 모습을 만들기 바로 전
탯줄의 원초를 간직한 곳
골목골목을 돌아서 간다
전설이 담벼락에서 꿈틀거리는

용연으로 간다
용이 살던 연못은 그날의 위용을 갖추고
깎아지른 병풍을 펼쳐 취병담이 된다
하나로 보면 눈부셔 빠져드는 영주 12경
용천수 태고의 원천으로 발원해
망망대해를 솟구쳐 나가는 길을 연다

바닥마다 그림자를 새겨 놓은 용이
전설의 자리로 나아간 뒤
용두암 솟은 뒤에 그림자로 남아 있는
은밀한 용연으로 간다

2부

아내와의 통화

관덕정 일기_21

잠들지 못하는 밤

잠들지 못하고 뒤척일 때에는
그만한 이유가 있다
눈을 감아도 잠들지 않는다면
깨어나 제대로 보아야 한다
어둠은 더 어두워지고 있으므로
그 간격이 좁혀질 것이다

홀로 잠에서 깨어나면
보이는 작은 것들이 있다
미세한 감성의 순간들이
서로 다른 것들과 충돌하고 있다
귓가를 맴도는 이명이
선명해지는 것이다

집중하지 못하는 공간은
길 잃은 대상들로 가득하다
담장을 사이에 두고
피어나는 들꽃은 서로 그리운 것이다
등을 대고 보일 때까지 올라
그 틀을 벗어나려는 것이다

가족과 같이 잠을 자기 위하여
떨어져 살아가는 시간
키 큰 꽃이 활짝 피어나고 있다
잠들지 못하는 밤
여명이 빠져나간 자리로
흐릿하게 생겨나는 것이 있다

관덕정 일기_22

기억하는 기억 중에는

기억은 시간이 지나면서 왜곡된다
제주에서의 언제인가 그렇다
바닷가나 중산간 어디에서 깨어난 기억들은
활달하게 제자리를 찾고 있다

용산역을 떠나던 밤 열차와
가야호로 돌아오는 사람들은 서로 알고
한라를 향하던 푸르렀던 그 날의 바다
열세시간 항해를 가슴에 새겼다

새로운 시간들이 시작되었다
시간이 오래 지나가도 기억하는 것은
아득한 바람과 구름의 감촉이었다
세월이 지나가면 삶도 바뀌는 것이다
몸이 살아가고 마음은 나중에 맞춰지는 것

무성한 숲이었던 마을주변의 밭들은
렌트카 주차장으로 바뀌었다
도시화는 삶의 행태를 바꾸었다
밭을 포장한 사람은 렌트카 사업을 하고
밭을 일구는 사람은 농사를 짓는다

레포츠 주차장에는 틈 없이 차가 놓여지고
더 많은 농부들이 수확을 한다
삶은 늘 소출이 큰 쪽으로 결정된다
시간이 지나고 다시 회고하는 때에는
새로운 기억이 자리할 것이다

관덕정 일기_23

뒷모습을 보지 못하다

함씨는 결국 그만두기로 했다. 적성에 맞지 않는 일을 생계 때문에 하는 것은 힘든 일이다. 생각과 말로 살던 사람이 손과 발로 뛰고 만지며 움직이는 일을 하기에는 부족함이 많았다.

몸은 제대로 움직이지 못했다. 생각은 좌표를 향하고 있었으나 손발은 현실을 적응하지 못하므로 문제를 일으켰다. 해도 안 되는 것은 있는 법. 길은 잘 찾아가야겠지만 길을 잘못 들었을 때는 벗어나면 된다.

마음과 마음 사이에는 길이 있다. 마음을 다스려야 길을 갈 수 있다. 가던 길과 새로운 길 사이에는 깊은 절벽이 있다. 어느 길로 가야 할지 모를 때에는 샛길을 찾아 들어야 한다.

그의 뒷모습은 보지 못했다. 그를 보내기 전 그는 떠났기 때문이다. 이씨 또한 이미 떠나갔으므로 그의 뒷모습도 보지 못할 것이다. 떠나가는 사람은 늘 뒤를 돌아보지 않는다. 마음 보다 먼저 떠나가므로.

관덕정 일기_24

안개 낀 서부두의 아침

제주항 공동어시장 길가에
배에서 갓 내린 해산물들이 장을 이룬다
잡히면서 숨을 놓았을 고등어
다섯 마리 한 무더기에 만 원이다
날씨는 고등어 값으로 구분되고 있다
서부두의 아침은 안개로 가득하다
탑동에서 밤을 보낸 여행객은 안개다
해는 뜨지 않았고 빗방울은 곧 쏟아질 태세이다

멸치 고등어 갈치 자리돔 열기 부시리
할 말 많았던 난장이 끝나간다
크기를 늘리고 무게를 부풀리고
파는 사람은 세월을 흥정하고 있다
팔리지 않는 과거를 한 짐 짊어지고
졸락코지 식당에서 해장을 한다

오늘 팔지 못한 삶은 내일 팔면 된다
옥돔국 시원하게 우리고 남은 진한 안개가
서부두 골목을 맴돌고 있다

관덕정 일기_25

무인도

아들과 아들의 친구가 왔다
추적이는 날씨를 밀고 왔다
날씨는 잦아들었고 제주는 금세 환해졌다
탑동 광장에는 어둠을 쏘아 올리는 꿈들이
바다에 새겨지며 등대의 길로 빛났다
무인도가 되었던 아비는 거센 파도가 반갑다
미국에서 잠시 들어온 아들의 친구는
친구인 아들과의 여행을 계획하면서
우정처럼 둥근 제주를 돌아보기로 하였다
무엇을 하던지 같으리라
어디를 돌아보아도 같으리라
같이한 시간이 만남을 깊게 해주고
같이한 공간이 만남을 같게 해주리라
사람은 만나면서 같아지는 것이다
같은 식탁을 만나게 되는 것이다
친구와 친구들은 만나자마자 떠났다
그 시간을 기억하는 동안은
늘 유인도일 것이다

관덕정 일기_26

사라봉 가는 길

사라봉에 오르니 배가 떠나가고 있다
안개를 열어 떠나가는 크루즈
산지천은 메마른 채 바다가 되고 있었다
오래된 것의 굴레를 벗어나며
도착하는 것들은 다 떠나가고 있다

버스는 점점 멀어지고 있었다
안내 지도는 목적지를 벗어나고
중앙로 사거리를 지난 버스는
사라봉 그림자를 따라 제주대를 향한다
제주항은 점점 멀어지고 있었다
이대로는 길을 잃지 않을 것이다

고으니모르 정거장에서 내리자
사라봉과 별도봉이 한꺼번에 다가온다
국립제주박물관 뒷편
한라정 활터 길로 가면 별도봉이고
만덕할매 공덕비 쪽으로 들면 사라봉이다

가파른 계단을 숨 가쁘게 오른다
조금씩 높이 오르면 조금씩 멀리 보인다
가지 않은 그리움의 외길을 간다
어느 길이든 다 가야할 이유가 있다
사라봉을 내려오자
비켜왔던 별도봉 장수길이 열린다

관덕정 일기_27

한 달의 두께

때를 지나치는 건 순간이다
한 발 돌아서자 들꽃이 지천이다
어디에나 피어난 꽃은 삶의 두께이다

오래전부터 골목에 자리한 커피숍 쌀은
겉보기에는 미곡상이거나 수선집의 모양이라
문을 열어 들어서기까지는 알지 못했다
시간이 지나면서 끌림는 마음이 있다

한 달의 양은 생각보다 두꺼웠다
월세와 관리비 보내라는 문자가 쌓였고
현관문과 세탁실 계단, 모기향의 메케함이 진하다
지나친 순간들이 두껍게 다가왔다

무심하게 보내버린 시간들 중
순간 하나가 현실이 되고 관심이 된다
모르는 길가 경계에 서 있는 들꽃이
하루하루 쌓이며 중심에 서는 것이다

관덕정 일기_28

떠나가는 것들

거북등 모양 거친 야자수 줄기
거센 여정을 마치고 돌아오는 투사의 행렬
듬성듬성 상한 갈기를 펴고
떠나가는 사람들을 배웅하는 공항길

풍파를 헤치면서 꺾인 상처는
보이지 않게 감추어 비늘이 되었다
해를 지나면 한 척씩 자라는 키
멀리 볼 수 있는 야자수는
이별에 익숙해진 가로에서 꿈을 꾸었다

떠나간 것들이 늘 아픔은 아니다
때론 아름다운 모습으로 이별을 떠 올리며
길가에 선 야자수는 무심하게 서 있다

멀리 보면 가로수 하나하나는
떠나가는 것 하나하나를 교감하며
푸른 꿈을 꾸고 있다

관덕정 일기_29

외로움이 깊다고 병은 아니다

너를 생각하는데 꽃이 피었어
꽃이라서 다행이야
바닷가를 지나가는데 향기가 나
너를 찾는데 구름이 가득해
하늘에는 네가 붉게 물들기도 해
구름과 노을은 마음의 섬이야
서로 다른 하나의 세상이야
무리를 지어 돌아오는 새떼는 외롭지 않아
하늘이 흐린 날은 어둡기를 기다려
너를 찾아 떠나가고 있는 거야
기다릴 거야
언젠가 마주칠 너를

꽃을 보는데
네 생각이 마구마구 나
하늘은 구름으로 가득 차
구름 속에 가린 너를 찾고 또 찾고
길을 걷다가 화단에 활짝 핀
꽃을 봐

관덕정 일기_30

장마주의보

장마가 시작되었다
구름이 점점 두텁게 쌓여갔고
한라산은 보이지 않는다
희미한 중산간을 돌아 나온 길에는
바다가 보였다
바다는 해안을 따라 조금씩 높아졌고
마음은 조금씩 가라앉았다

날씨가 흐려지면 멀리서부터 가까이
희미해져 보이지 않는다
마음이 흐려지면 가까이부터 멀리
어두워져 보이지 않는다
보이지 않는 것들은 그냥 두도록 한다

장마가 지면 모든 것이 젖는다
긴박했던 시간이 젖고
아득해진 목소리가 젖는다
마음이 가장 밑으로 가라앉는다
눈빛 보다 귀가 먼저 가라앉는다
울렁거리지 않는 것들은 그냥 두도록 한다

사이사이 햇살이 세상을 밝히듯
아주 느리게 어느 빛이 다가와
발길을 밝혀 줄 때까지
젖은 건 그대로 두도록 한다
그대의 장마가 진다
장마주의보가 발령된다

관덕정 일기_31

일상이라는 것

한 박스의 혈압약으로 한 달이 지나갔다
여행짐을 꾸리면서 챙긴 정신줄이 다 소진되었다
혈압약이 없어도 살아가도록
잘 살았어야 했다

혈압을 재고 몇 가지를 물은 후
같은 처방을 내릴 것이다
처음부터 오진일 가능성이 많았음에도
한 번 내려진 진단은 변경되지 않는다
일시적으로 회피해도 곧
약에 위안할 것이다

근처 내과를 찾았다
삶을 처방 받았고 변화는 없었다
한 박스의 혈압약을 열어 또 한 달이 간다
해가 뜨는 것을 보며
아무 일 없었던 듯 길을 나선다

관덕정 일기_32

침묵이 흐르는 이유

해보다 환하게 달 뜬 밤
격조를 갖추고 와인을 한 잔 마신다
조금씩 아주 느리게 마신다

내가 말이야 제주에 온 거는
이 회사가 말이야 어렵거든
제대로 돌아가지 않으니 와서 좀 봐달라고
하도 부탁을 해서 말이지
조금만 손을 보면 금방 잘 돌아가지
전문가거든 그 쪽으로는 내가

날은 금방 바뀌고 있다
장마철 달 뜬 것을 반겨하는데
잠깐 곁눈 준 사이 흐려져
달도 별도 다 사라지고 먹구름만 가득하다
와인은 탁탁 털어 먹은 지 오래
얼마 전 꿍쳐둔 막걸리 병을 꺼낸다
종이컵이 넘치도록 단숨에 비워버린다

내가 말이야 제주에 온 거는
찾아도 찾아도 일자리가 마땅히 없어
정보지고 워크넷이고 뒤지고 뒤지다가
이민 가는 심정으로 바다 건너 왔지
전공은 옛날에 한 물이 갔어, 갔다구
살다보면 좋은 날이 오지 않겠나

종합운동장 뒷길 구석진 선술집
명퇴하고 마포에서 부부가 함께 내려온 고씨와
소방서에서 정년퇴임하고 몇 해 쉬다가
연금보다 몸놀림이 그리워 나온 현씨는
하지 그 긴긴 날을 땀 흘려보내고
무용담을 안주 삼아 목소리가 점점 커진다

장맛비 거세게 내리는 소리
천둥 번개가 한 차례 지나고
잠깐의 침묵 사이로 달이 떴다
이해가 멀어지는 대화가 오가고 있다
애써서 말하지 않아도 좋으면 좋은 것이다

내가 말이야

관덕정 일기_33

가는 날이 늘 장날은 아니다

제주시 민속오일장에 갔다
가는 날이 장날은 아니었다
온전히 비어있는 장
아무것도 없는 장터에서
둘러보고 살펴보고 지나간다
없는 것을 끄집어내는 일도
무심하게 외면하는 일도 쓸쓸하다
물건을 사고 떠난 사람들 뒤로
물건을 팔 사람들은 오지 않았다
열흘에 두 번 열리는
날짜를 맞추지 못하면 헛걸음이다
스무하룻날에 당도를 한 장터
나흘이 지났거나
하루 전에 도착한 셈이다
빈자리마다 점포들이 잠들어 있다
고요한 한낮의 숙면 속에
저마다의 꿈들이 꿈틀대고 있다

관덕정 일기_34

아내와의 통화

아내와의 대화가 길어졌다
대상이 서서히 같아졌고
세세하게 설명하기 시작했다
사소한 것들을 구체적으로 대하여보니
지나쳤던 것들이 소중하다

명쾌하게 명사 몇 개 던지고
뒤돌아 가던 묵묵함은 다 사라져 버렸다
말투 하나하나에 체온이 입혀지고 있다
떨어져 있음이 아득해질 때마다
따스한 단어들이 떠오르고 있다

방과 침상의 상태가
편안하게 느껴질 때면 통화를 한다
전화기를 넘는 고저의 음색은
거실 문틈으로 새어드는 바람소리이다
한가한 휴일 날 오후 졸음에 겨워
고개 끄덕이던 창틀의 떨림

이야기가 많아진 것이다
대상이 세밀해진 것이다
이해하려는 마음이 넘쳐나고
전화기는 수시로 신호를 보내고 있다
아내와의 통화는 길어질 것이다

비는 내리다가 그쳤다
장마는 끝 모르고 가고 있다
전화기를 넘는 장단의 음색은
한라를 향한 오름들 중 하나가 내는 소리이다
해안의 야트막한 밭에서 무화과들이
안으로 꽃 피는 소리이다

관덕정 일기_35

바람 불어 좋은 날

사단은 예기치 않은 곳에서 일어나고
사고는 대수롭지 않게 시작되는 것이다
제주에 막 도착하는 사람과
여행을 마치고 돌아가는 사람들의 삶은
관계하지 않고 흘러가고 있다

제주공항 만남의 장소
혼자 둘러앉으면 한라산이 한 눈에 담긴다
돌풍이 불어온 건 순간이었다
고정되었던 빗장이 풀리고 잠시간의 헛손질
한라산과 제주바다가 다 이어지는 순간이다
관계하지 않는 것들의 난장

지나간 시간은 위로가 되지 못한다
사소한 돌풍 하나가 지나간 자리에서
새로운 삶이 펼쳐지고 있다
과거가 되며 때를 놓칠 때마다
돌풍은 불 것이다

관덕정 일기_36

길 가의 꽃들이 서로 꽃피울 때

해무가 밀려오는 오후는 더디게 간다
무거운 발걸음으로 하루 내내 그랬다
생일날 안부로 아들과 밥을 먹는다
아내와 딸아이는 더덕구이를 할 것이다

가족은 흩어져 피는 들꽃이다
군락은 해마다 조금씩 멀리 꽃을 피운다
한 울타리를 틀어야 하는 가족은
멀어지는 거리를 바라볼 뿐이다

화단의 꽃들이 함께 피지는 않는다
바람이 부는 날은 왼쪽으로 이동하다가
비가 오는 날은 아래쪽부터 피어난다
꽃은 바람에 흔들려야 서로 한 몸임을 안다

길가의 풀들이 따로 꿈꿀 때
모양이 같은 꽃들은 함께 피고자 한다
가족은 떨어져 있어 외로우므로
보이지 않던 것들에게 눈빛을 보낸다

관덕정 일기_37

담 넘어 남쪽에는

담을 사이에 두고 비가 내린다
비 내리는 토마토 밭에는
잘 영근 열매가 붉게 물든다
담장 하나로 운명이 갈리기도 한다

주차장 너머로 비가 내리면
어디에도 이르지 못하는 건천이 되고 만다
삶이 다른 담 너머를 본다는 일
경계를 허무는 대치의 해제이다

담은 넘어 볼 대상이 아니다
가로막는 처지가 있음을 알아야 한다
속마음을 감추고 평생을 사는 일처럼
스스로를 가두고 보여주지 않는 담

마음은 늘 담장의 한 쪽에 있었다
그리워하며 바라보았던 시간을 가둔다
바람도 담을 넘을 때에는
마음을 정하여 불어오는 것이다

관덕정 일기_38

마술피리 오페라공연을 보다

메마른 대지는 스스로 비를 내린다
산과 바다 사이로 바람이 불어오는 저녁
오페라공연을 보기로 했다
눈과 귀를 활짝 열어 젖으려는 것이다

공연을 기다리는 동안 생기가 넘쳤다
활달해진 마음으로 준비를 마치니
마술피리를 보는 내내 소리를 냈다

제주아트센터로 가는 길에 비가 내린다
비닐우산으로 떨어지는 빗방울이
겹겹이 쌓여진 마음을 울린다
우산의 높이로 감동이 오는 것이다

비 오는 저녁은 일찍 어두워진다
마술피리를 품은 꿈들이 멀리 퍼질 것이다
작은 빗방울 소리가 정교하게 연주되고 있다
불이 꺼지고 막이 올라간다

관덕정 일기_39

이십 년쯤 젊어지는 계산법

제주 생활 달포 만에 풍성한 머리를 날리며
원시림의 한라수목원을 찾았다
광이 오름을 돌아 내려오자
온몸의 땀으로 거친 생각이 다 빠졌다
소금장수 빗방울을 건너는 미술관 옆 연못
창가에 앉아서 재미있는 꿈을 꾼다
바람에 갈기 세우며 걸어오는 모습
어느 젊은 날로 돌아가 살다오는 것도 좋겠다
제주는 꿈을 꾸기에 적당한 곳이다
한라수목원 숲길에서 젊어지고 있다
도립미술관에는 청년들의 전시회가 걸리고
저녁 바다가 그윽하므로 가능해진다

어둑한 방으로 돌아와 갈기를 접는다
스무 해쯤 거슬렀다 돌아오는 모습이다

머핀은 다 먹었고
커피는 다 식었다

관덕정 일기_40

표선 앞바다에서 그대를 생각한다

잠에서 깨어나면
늘 같은 시간으로 돌아간다
뿌리를 내린 것들은 모두
그 자리에서 살아간다

호텔 로비에 있는 통나무 의자들은
나이테를 가슴에 품고 있다
뿌리째 파헤쳐진 한 평생을 두고

표선의 어느 호텔에서 그 사람을 떠 올린다
부호처럼 찾아가는 기억
떠나가는 사람의 빠른 발걸음과
돌아오는 사람의 느린 발걸음이
한자리에서 교차하고 있다

언젠가 만날 사람은
푸른 바람과 그늘의 시간이 지나고
끝끝내 만날 것이다

3부

혼자에게 다시 갇히다

관덕정 일기_41

사랑은 하나가 아니므로

사랑은 보고 싶은 것이다
무심하게 떠오르는 것이다
새겨진 모습을 그대로 그린다

사랑은 되새기는 것이다
잊고 지낸 시간을 기억하는 것이다
그림자로 만나고 있음이다

사랑은 스스로 일어나는 것이다
마음이 사라지지 않는 것과 같다
기억 하나가 숲을 나오고 있다
오랜 시간 흘러온 것이다

사랑은 언제나 있는 것이다
숲에서 보이는 첨탑의 끝에 서 있는
보이지 않는 시간들
아버지의 기일날 깊은 잠에 든다
잠 속에 있는 것이다

관덕정 일기_42

누구를 기억하는 것은 외롭기 때문이다

그들은 앞뒤 없이 기억되었다
도심의 짜투리 땅에 소나기 쏟아진 여름날
먼 산을 바라보던 그의 눈빛은 잊었다
상가 옆 골목 햇살에 호박꽃 우산을 들고
발끝을 바라보며 걷던 그녀의 눈빛은 잊었다
기억은 빗물에 선명하게 젖었다

까마득한 침묵의 순간이 쏟아져 내린다
무겁게 누르던 날씨가 해갈되었다
젖지 않은 기억이 느닷없이 살아났을까
그들은 기억과 다른 모습으로 서 있었다

도심을 벗어나자 바다가 보였다
언덕에는 수박밭이 있었고
낮은 담 너머로는 맑게 갠 하늘이 채워졌다
그들은 앞뒤 없이 사라졌다

관덕정 일기_43

기

'기'는 그렇다는 제주 말이다
마음에 맞는 말을 할 때면
'기~' 하고 길게 물결을 얹어서 말한다
얼마나 속마음을 빨리 보여주고 싶었으면
'그래' 두 음절을 '기' 한 음절로 줄였을까
'기'는 사랑하기 좋은 단어이다
급하게 전하는 깊은 마음인 것이다
제주 17올레길 삼도2동 골목길
늦은 밤까지 하드락이 흐르고 있다
어둠은 어둠을 껴안으며 짙어져 간다
청춘들이 밤바람을 쐬러 나온
커피숍 쌀 앞에서 거친 숨이 섞인다
경쾌한 리듬에 맞춰 '기'를 외쳤고
서로의 눈빛을 보며 '기'를 읊조린다
'기'는 눈 감고 듣기 좋은 소리다

관덕정 일기_44

비를 품은 구름은 보면 안다

비가 내릴 구름은 속을 감추려 계속
새로운 구름을 덧대고 있다
수시로 쏟아지는 소나기의 구름도
내리는 순간까지 기우며 망설이는 것을
당신은 발걸음을 보면 안다
언젠가 함께 걸었던 길에서 울리던 소리를
보폭의 경쾌함이 가진 소리를
사람의 관계는 균형을 보면 안다
그리워하는 마음의 무게를
맞잡은 손의 힘이 편안한 것을

시간의 흐름은 무의미 했다
애월에서 다가오던 구름은 소나기로 쏟아지고
비를 피해 모여선 사람들의 오래된 고민
하루하루의 시간을 씻어준다

퇴근길 관덕정에 걸려있는 달을 보면 알게 된다
내일 없이 살아온 오늘이 걸려 있는 이유를
모든 것은 시작되고 있음을

관덕정 일기_45

서우봉 풍경

다시 돌아오니 제자리다
서우봉 오르는 서쪽 길은 하늘빛이 좋다
파라솔 오색의 하늘이 물빛에 섞이며
그대로 바다가 된다

정상에서 낭떠러지를 돌아
다시 그 자리, 둘레길 가득 바다다
바람이 불면 산 능선은 낮아진다
파도에 해안이 높아지는

서우봉을 오르다보면
쉬어갈 곳도 되돌아갈 길도 있다
미로를 돌아 내려오는 길 어디쯤에서
가파른 삶을 만날지 몰라도

한라를 한숨에 넘은 사람들과
삼백여 개의 오름을 내내 오르는 사람들
지친 몸으로 지나와 평평해진 길에 앉아
한적한 바람 한 줄기 맞는다

관덕정 일기_46

미로공원에서 미로찾기

미로에 들어섰다
벽 아래 서자 하늘이 좁아졌다
같은 길을 몇 차례 지나쳤고
새로운 길은 지나가면서 만들어졌다

김녕미로공원에서 미로에 빠진다
벗어나기 위하여 반복되는 잘못된 길
잘못 든 길에서 만나는 사람들
돌아가야 하는 길은 위안이 되기도 한다

탈출에 성공한 사람은 새로운 길에 든다
과정은 지워지고 새로운 시작점이다
미로는 찾아가는 과정의 삶이지
결과의 성공은 아니다

멀리 보면 길이 보인다
랜란두 향이 은은한 길에서 출발이다
살아가며 벗어나는 모든 출구는
잘못 든 시작이기도 하다

관덕정 일기_47

만장굴 그늘에서 버스를 기다리다

숲으로 난 길은 조용하다
침묵으로 이어진 고대의 시간이
만장굴 깊은 곳을 돌아 광장에 이르렀다
동굴이 생성되던 그 돌계단을 내려가면
서늘한 심연의 순간을 온몸으로 마주한다
처음에는 몰랐었지 끝만 남기고 사라진 흔적을
그저 솟구쳐 나간 기운이 서려있는
껍데기만 남은 등뼈의 속이란 것을

시간의 흐름은 아무런 의미 없이
그 자리에 그대로 있다
무엇으로 오고 무엇으로 가는지
끝까지 들어가고 또 들어가도 모를
그대의 마음으로 간다
소나무 그늘에 기대어 버스를 기다린다

관덕정 일기_48

모기들의 천국

밤 내내 피로 응대해 드렸습니다
모기들의 숙주가 되어 아무런 저항도 못 합니다
맑고 푸른 하늘은 다시 밝았습니다

관계는 틈으로 기울지게 되어 있지요
모기약을 치고 맘껏 드시라 하니
실속은 없는 듯 요란만 합니다

두어 마리 퇴치시키고 잠을 청합니다
팔다리고 목덜미까지 다 내어드립니다
끝없는 욕망의 모기에 사육된 탓이지요

잠들기까지 잠시 견뎌야하겠지만
뒤척이다보면 나아지겠지요
같은 공간에서는 공존하기 어려우니
시간을 나누어 사는 방법을 찾아봅니다

새 날이 밝았습니다
밤새 너희들 세상은 지나갔으니
우리의 세상이 열렸다 합시다

관덕정 일기_49

만나고 헤어지고

사람의 마음은 수시로 일어나고 스러지는 것이다
그는 왜 연락을 끊었을까
같이 하기를 그치자 거리가 생긴 것일까
잊으려 멀어가는 과정에 있었을까
마음을 모두 내려놓을 때 관계는 빛나는 것이다
한순간에 사라지는 마음이 어디 있던가
부재중 전화는 계속 부재중으로 남았다
시간이 지나가면서 잊혀가는 것이다

모든 것에는 때가 있다
망설이며 기다리는 것은 때를 맞추기 위함이다
볕이 따가운 날 긴 밭에 숨을 심었다
제대로 된 날을 골라 수확하면 될 것이다

그는 연락을 해오지 않았다
기다리기를 그치면 기억은 기억을 밀어낼 것이다
떠나가거나 잊는 일은 다 때가 있다

관덕정 일기_50

잊었는데 생각나는 것

노을은 어둠으로 들어가고
저녁 먹으러 골목에 들어가는 시간
공항 위로 하늘이 사라졌다

사라진 구간으로 구름이 빠져나가고
기억은 그 자리에 머물고 있다
잊은 시간을 계속 떠올리는 것은
해가 밀려난 자리를 찾으려는 것이다

주차장 돌담을 넘어 하루가 간다
궤도를 도는 구름은 서로를 끌어당기고 있다
어둠은 노을의 변이를 찾는 단초이며
기억상실은 그리움의 변이이다

노을이 길게 빠져나간 골목 안
하늘은 구름과 어둠으로 나누어졌다
모퉁이 멸치국수집은 휴일이다
고기국수집을 찾아 뒤돌아선다

관덕정 일기_51

혼자에게 다시 갇히다

아내는 미루던 비행기를 탔다
공항 안내판에 도착 시간을 보내왔다
김포에서 출발한 아내는 친구들과 동행했고
대만을 거쳐 오는 태풍 네파탁보다
하루 반나절 빠르게 도착했다

비바람을 일으키는 것은 일상이었다
태풍의 북상을 막으며 아내는
두 달여 비워있던 자리를 차지했다
삐뚤어진 침대보를 바로 잡으며 아내는
반나절 만에 삶을 되돌려 놓았다

도두봉은 숨 가쁘게 수평선을 바라보았고
아내와 함께 허브 동산을 오르며
들꽃향기에 잊었던 본능이 깨어났다
깊은 골방에 서서히 빛이 들었다
혼자로부터 해방되었다

한동안 잠자리는 가볍고 시원하였다
태풍 네파탁은 아내의 발뒤꿈치를 잡으며
해안을 빠져 나가고 있다
출발을 알리는 네온이 붉게 켜진다

다시 아내로부터 독립이 선언되고
혼자에게로 감금되었다

관덕정 일기_52

산굼부리

산굼부리는 가장의 모습이다
뒷산 언덕의 등 굽은 오름
누군들 우뚝 서고 싶지 않았을까
표지를 떼어내면 어딘지 몰랐을 봉우리는
삼백 예순 여덟 개의 오름들 중
가장 낮은 화구를 픔고 있다

산굼부리 그 마음의 끝을 보면
삶은 크기로 정해지는 게 아니라
깊이로 자리하는 것임을 알게 된다
용암이 터지며 주저앉은 분화구
사랑도 풍요도 지켜내지 못한 가장이 되어
울타리 겨우 움켜쥔 모습인 것이다

속 모르고 들어갔을 까마득한 시간
가장의 이름으로 자신을 내려놓는 동안
원시림은 누구에게도 보이지 않았다
세월 다 흐른 뒤 남는 허울
다 내어 놓고 빈 껍질이 되어서야
자신을 돌아본다

화산이 솟구쳐 나가는 크기만큼
산굼부리 그 안으로 내려앉았으니
한없이 낮은 자리가 더 든든하다
오름의 경계를 걸어
원시의 바람을 맞는다

관덕정 일기_53

제주 오일장날에

장맛비가 종일 내리는 잠깐 해거름에
잘 영근 것들이 모여 장을 이루었다
한림읍 중산간의 옥수수가 내려왔고
모슬포 어항의 생선이 올라왔다
부쩍 자란 여름이 한 무더기를 내어 놓는다
아삭하고 달콤한 초당 옥수수는
설탕 맛이기도 사탕 맛이기도 한데
빗방울이 처마에 매달린 자매집 행랑에서
혼자 마신 막걸리가 더 달콤하게 오른다
다 팔았다던 옥수수 한 망태기를 더 풀어놓으니
너도 나도 지나가는 이도 한보따리
멀리멀리 보내주려는 마음이 환하다
젖은 자리로 떨어지던 빗방울이
그리운 얼굴로 떠오르는 시장 뒷골목
마음을 보았으니 맛이야 나누지 못해도 그만이다
닷새에 한 번씩 열리는 장터에서
양손 가득 꿰차고 돌아오는 길이 가볍다
비 그친 언덕길을
흠뻑 젖어 돌아오는 장날

관덕정 일기_54

무엇이 남고 떠나는가

안개가 가득하다, 커다란 산 하나가 사라졌다
그 산길을 간다, 마음이 열리기 시작했다

일 년에 며칠만 개방한다는 거문오름
밀봉의 속살을 볼 수 있는 원시
오름은 생성의 비밀을 숲으로 가리고 있었다
분출하여 동굴이 되기도 하고
흘러가다 곶자왈이 되기도 했다
그 근원을 밟으며 만나보는 것이다

혼자서 걷는 안개길, 그 속은 걸어도 닿지 않는 미로와 같다
선흘리 거문오름은 만장굴 김녕사굴 곶자왈로 이어졌다
세상의 돋보이는 것은 받쳐주는 것이 있기 때문이다
아름다운 것들이 만들어지면서 그 길을 따라 잘 갔을까

어느 먼 시간이 지나서
용암이 분출되는 사랑을 만났을 때
그의 마음을 따라 형상되려한다

관덕정 일기_55

자전거로 가는 출근길

마음이 삐뚤어진 것은 알았지
길이 비스듬히 서있는 줄 이제 알겠네
멀리 수평선이 똑바로 있으니
나란히 선 것들은 다 그렇다 여겼지

관덕정 앞에서는 아침 햇살 싱그럽더니
서문시장 오르막 길 중간에서는
숨이 턱턱거리는 한여름의 햇살이라
밟아도 제자리인 바퀴는 놓아두고 싶겠지
출근길 가도 가도 그 길이다

한천교 넘어서는 한라산도 바로 보이고
물길 따라 땀방울 시원하게 흘러나가니
팽팽한 허벅지를 한 번 더 채어본다
용담사거리 지나 공항 길에서는
바다로 부는 바람에 밀려 저절로 간다

오르기 어려운 만큼 내려가기는 쉽겠지
돌아가는 자전거 길은 내리막이라
두 발 가만히 있어도 속도가 나는 삶
오래도록 조금씩 나아가던 길
단번에 속도를 내어 집으로 간다

관덕정 일기_56

삼다공원 축제 한마당

저녁식사를 마친 삼다공원에는
의자가 놓이고 하늘 열린 극장이 선다
사람들은 간격을 좁히고
같은 지붕 하나씩을 열었다

신제주의 어깨가 들썩이고 있다
그룹 디어 아일랜드의 노래 디어 아일랜드
제주 따이들의 크로스오버밴드
신생그룹 아이셔의 율동이 청청하다
밤하늘은 흥겨움이 넘쳐난다

여름은 새로운 것들로 교체되고 있다
낮 동안 흘린 땀방울을 곡조에 담은 사람들
문화콘서트의 밤하늘이 하나로 열리는 시간
여덟시에는 삼다공원의 하늘에 별이 뜬다

조각상들이 콘서트에 집중하는 시간
뒷켠 천막을 이어 야몬딱털장이 열렸다
알뜰시장에는 손장단과 먹거리
흥겨움에 곁들인 박수를 팔고 있었다

뜨거운 여름밤에는 이웃들과
같은 하늘을 열어 소나기 지나간 자리
시원한 무대에서 강렬한 전율이 퍼지고
삼다공원은 별이 밝아진다

관덕정 일기_57

관덕정 음악회

관덕정 광장에 불이 켜지고
그림자 위로 빛이 채워지고 있다
하루의 무거움이 씻겨 내리는 저녁
진해루 앞으로 모이는 사람들

국악 연주와 부채춤이 펼쳐지면서
연희각 처마가 살아 숨 쉰다
곶자왈 숲으로 빚은 오카리나의 음들이
망경루 앞에서 출렁거린다

흥이 넘치는 취선악 태평소 브라스밴드
명창과 해랑중창단의 부드러운 음성
울랄라 통기타 팀이 부르는 사랑하는 마음
외로움을 털며 합창이 울려 퍼진다

어둠이 깊어가는 홍화각 문틈으로
돌아가는 사람들의 발걸음이 가볍다
관덕정 광장에는 밝은 빛 하나씩 달고
돌아가는 그림자가 길게 늘어지고 있었다

관덕정 일기_58

한치 잡이 배

해변에 불이 꺼지고 아홉시가 되었다
야간개장 해수욕장이 끝났다
삼양 앞바다 그들이 갔다는 쪽으로
불을 환하게 켠 배들이 근해를 밝히고 있다
밤낚시를 위해 채비를 마쳤을 그들
검은 모래 해변에서 어둠을 잡고 있을 것이다
해안가로 난 산책 데크에는
텐트를 치고 야영을 즐기는 가족이 있다
통기타 하나로 열리는 무대
음을 맞추고 모여서 어울리는 것이다
집어등 불빛은 사람들을 해안으로 끌었고
귀가 열린 사람들은 긴 의자에 몸을 놓았다
불빛을 밝히며 깊어가는 밤
해안 어디에도 그들은 보이지 않았다
바다로부터 불빛은 점점 밝아지고 있다
그들을 찾으러 집어등을 밝혔다
그들은 모두 밤바다가 되었다

관덕정 일기_59

비양도가 있는 바다

버스에서 내려 버스를 기다린다
길은 늘 같은 곳을 향하고 있고
버스는 늘 다른 시간을 달리고 있다
이어질 듯 가까워졌다 멀어지는 항구

목적을 정하고 계획을 세웠어도
시간이 제때에 이어지지 않는 것이다
길의 노선에 맞춰 길머리를 잡았으면
이미 도달할 시간이 아닌가

비양도 뱃길이 열리는 한림항에서
바다는 하루에 세 번 길을 열고
돌아올 예정이 없는 막배가 떠나갔다
길이 사라진 항구는 인적 없이 머물고 있다

비양도로 가기 위해서는 기다려야 한다
바다의 길은 떠나고 나면 사라진다
다 도착했다고 보이는 순간
비로소 시작인 것이다

관덕정 일기_60

꼭 가야 하는 길은 없다

작정을 하고 떠난 길은 아니다
멈추는 순간 돌아올 수 있기 때문이다
시간은 걸리겠지만 다시 시도할 것이다

햇살이 뜨거운 한림항에는
오가는 사람 하나 보이지 않았다
막배가 떠나간 항구는 무인도였다
무엇이라도 해야 하는 시간에 있었다

비양도 가는 배를 놓치고
섬으로 갈 이유와 목적이 사라졌다
전하지 못하고 평생을 담았던 마음은
부두를 떠나갈 것이다

커피숍 오이에 앉으면 늘 떠나간다
생각의 조각마다 돌아오는 시간은 다 다르다
특정한 약속 하나를 떠올린다
약속을 잊은 다음날처럼

4부

숨비소리

관덕정 일기_61

행복이라 갈음하자

한적한 발길을 틈타 집을 지은 제비
새끼들 먹이 나르기에 분주하다
독립할 때까지 쫓겨나지 않으마
구좌읍 읍사무소 처마 밑이니 안심하겠다

처마 밑 기둥에 촘촘하게 지은 집을 보며
방 한 칸의 두 달여 생활을 되짚어본다
새들은 먹거리 지천인 마을 복판에 틀었는데
지천이 경쟁인 구도심을 벗어나지 못하였으니
그 또한 가상타 인정되지 않겠는가

어르신 쉼터로 개방한 시원한 자리
둥지 안에서 빼꼼히 내민 새끼들의 눈이
칠월 절정의 태양과 같이 반짝인다
매일 아침 숙소를 나서는 결연한 눈빛과
살아가는 의탁의 정도가 비슷하니
제비 날아가기 전까지는
행복이라 갈음해도 되겠다

관덕정 일기_62

결심은 결정을 지배한다

점심 메뉴로 짬짜면이 나왔다
볶음밥도 곁들여 나왔다
무엇을 먼저 먹을까
짬뽕이 좋아서 짬뽕을 먼저 먹고
짜장이 좋은데 짬뽕을 먼저 먹는다
생각이 없어도 짬뽕을 먼저 먹는다
옆 테이블은 반대일 수도 있다

먹으려는 것과 먹고 싶은 것과의 거리
날씨와 기분 그리고 누구와의 차이
짬짜면 한 그릇에 생각이 다 다르다
입 안 가득 고이는 침 맛 아니면
첫 눈에 모든 것은 결정 되겠다

매일 아침 공항으로 간다
비행기는 늘 떠나고
공항은 언제나 그 자리에 있다
무엇을 바라보고 있는가

관덕정 일기_63

그림자 꽃

그림자 꽃이 피었다
길 뒤편으로 무채색 꽃들이 가득하다
뿌리로부터 지평 끝까지 뻗었던 그림자
무의식에 매달린 간절한 마음이다

그림자로 높이 꽃을 피우는 나무들
바람은 나뭇잎을 흔들고
낮은 가지에서 흩날리는 향기
하나의 꽃으로 피었다

나무의 바람과 꽃의 그늘이
다 다르게 자리를 지키고 있다
섬세하게 구분되는 각자의 세상에 있다가
해가 지는 순간 떨어져 나오는 것이다

하나의 모양으로 변하는 그림자
다른 형태의 세상들이 겹쳐지는 때
기다림을 견뎌온 새로운 빛이
세상을 열고 있다

관덕정 일기_64

한치 물회를 먹다

여름의 간절함이 가득하다
뜨거움은 어디로든 출구를 찾아야 한다
온몸의 땀이 용천수로 솟아나는 오후

한라산 방향으로 신제주오거리 오른쪽
노형동 중심에 한치물회가 순식간에 차려진다
온갖 보양의 육수에 초장을 풀어 낸 뒤
갓 따온 오이와 한치가 결 맞춰 오른다

계곡물 퍼 올리듯 듬뿍 얹은 물회를 먹는다
한여름 앞바다에서 밤새 잡혀 온 한치는
심연의 청정함 그대로 품고 있었고
목젖을 넘으며 회오리쳐 쓸어내린다

신제주 한복판에는 북극 바다가 들이쳐
아무 생각 없이 여행길에 든다
무리 져 흐르는 빙벽의 설원을 뒤로하고
협죽도 붉은 꽃이 활짝 핀 길을 빠져나온다
바다가 훤히 보이는 길

관덕정 일기_65

민속촌에 걸린 과거

처음부터 기억을 찾아 떠나는 게 아니었다
길은 깊어질수록 추억에 다가가지만
설레던 시간은 없고 오차는 컸다

위미리 창 넓은 거실의 바닷가
동백군락은 과거를 다 떨구고도 푸르다
오조리 바다의 집에서 함께 웃던 시간
카페의 향과 사람들은 모두 없다

표선제주민속촌에는 옛날이 그대로 걸려있다
행랑채 대자리에 몸을 뉘이니
과거고 그리움이고 간절함까지도

중산간을 따라 지나간 시간은 여행길이다
뒤척이다 잠에서 깰 때마다
눈부시게 환한 순간이 다가온다
흘러간 시간은 돌담에 차곡히 쌓이고 있다
거스를 수 없는 여름날의 선명한 꿈

관덕정 일기_66

이모작을 준비하는 사람들

소임을 마친 땅에는 이주가 시작되었다
계절은 새로운 것들로 채워지고 있다
소임을 마친 사람들은 이주가 시작되었다
평생 제자리를 찾아 옮겨 앉는다

어깨를 숙인 채 고랑을 정리하던
노부부는 노을에 물들고 있다
담장 사이로 토마토 밭과 주차장에선
새아침을 준비하는 농부의 생계와
새 삶을 준비하는 이모작 청춘이 공존한다

뜨거운 여름 내내 일정한 소출이 있었고
마지막 남은 결실의 양을 다시 추리니
마음 하나 거두어들일 손길이 바쁘다
파릇한 싹이 새로이 돋는다

이주를 마친 사람들은
삶의 결실을 꽃 피운다

관덕정 일기_67

성게 칼국수를 먹으며

표선항에는 오래 머물지 못했다
목적이 사라지자 허기가 밀려왔다
해비치 해변을 나와 올레 국수집으로 들어갔다
간판 없는 식당은 입구 또한 없었고
샛문으로 들어간 내부는 어두웠다

태양 아래 어두운 빛은 오히려 자유로웠다
식당에는 일시에 암묵이 찾아왔고
두 개의 선풍기가 방향을 잡았다
주방을 거쳐 바닷가로 길을 내었고
중산간을 향한 창문으로 바람을 불었다

선풍기는 폭염의 한계를 넘고 있었다
성게 알 칼국수는 그리움을 잊기에 적당했다
누군가 일사병처럼 까맣게 잊고 싶을 때면
선풍기 바람에 칼국수를 먹어야 한다
땀으로 허기를 날려 버리고나면
눈부시게 새로운 길을 걷는 것이다

김이 없이 칼국수가 끓고 있다
한여름의 열기가 익어가고 있다
하늘에 뭉게구름이 선명하게 비치는
표선 해비치 해변을 걸어 나오자
혼자서 길이 열린다

관덕정 일기_68

뜨거운 여름이여 앵콜

보름째 내리지 않는 비
갈증의 도시는 메마르고 있었다
오래되어 무뎌진 무더위가
인천문화당 담벼락에 땀을 흘린다

삼도2동 주민자치센터 건너편
문화가 모이는 전통 예술거리
향사당 뜨락에 불이 밝혀지고 있다
단절되었던 주류의 변방에서
가까이 어울리는 중심으로 바뀌고 있다
뜨거운 열기는 여름을 벗어 버리고
새롭게 태어나려 온몸이 땀범벅이다

제주빌레앙상블의 공연이 시작된다
모깃불 지펴놓고 마당에 둘러앉아
화전살이 풀어내던 할머니의 창가가
고목의 뿌리까지 전해져
갈증을 시원하게 풀고 있다

교차하는 국악과 현악의 팽팽함이
향사당 담을 넘어 문화거리로 길을 연다
벽화에 그려있던 그림 속 주인공들이
함께 어우러지는 축제
외면당했던 것들이 거리의 중심으로 나온다
무기력했던 밤을 노래하는
뜨거운 여름이여 앵콜

관덕정 일기_69

아내를 기다리다

아내를 기다리는 시간에는
모든 촉각이 문으로 가 있다
에어컨을 틀어 놓고 드라마를 본다
전화기는 꺼져 있다
침묵의 대치가 팽팽해지고 있다

헤어지고 만나는 것이 일상인 저녁
문이 열리면 아내는 돌아오고
기다림은 돌아오지 않았다
공간에서는 시간이 엇갈리고 있다

거리를 떠돌던 바람이 불어오지 않는 것은
기다리는 마음이 절실하여서이다
모든 감정의 촉각이 닫힌 때문이다

발걸음에 채이며 무심하게 다가오는 이여
협죽도 붉게 흔들리는 저녁
기다리는 문을 열어 맞는다

관덕정 일기_70

제주성지를 찾다

제주성지는 그 자리에 있었다
성곽을 따라 망루에 오르니
지나치던 언덕길 한모퉁이 지키고 있었다

찾는 것은 잊지 않는 것이다
침입을 막기 위해 쌓은 성
밖으로 부터의 단초를 막아내는 동안
반드시 돌아온다는 믿음인 것이다

산지천 본류를 따라 오르면 제주성지의 흔적
헐어 매립하고 무더기만 남아있는 성곽
사라지기 전에 돌려 놓아야하는 것이다
지키지 못한 것은 사라지고 만다

헤어졌던 사람들도 때가되면
망설이던 걸음을 내쳐 걷지 않던가
멀리 떨어져 있어도 늘 그 자리에 있었다
몇 번을 잊었다가도 찾아가는 것이다

관덕정 일기_71

꿩 메밀국수의 맛

중앙로 사거리에서 팔월의 햇살을 마신다
시장통 뒷골목에 멈춘 바람
계절은 뜨거움의 순서대로 오고 있었다
성읍 가는 길 언덕에서 자유로이 불다가
덫에 걸린 거친 숨결의 바람들이
골목집 할망의 굽은 어깨 위로 내리 앉았다

잔잔하게 물결치던 메밀꽃의 여유로움은
날개 짓으로 하얗게 피어났다
메밀밭 위로 꿩 떼가 날아가고
메밀국수가 소담스레 한 그릇 빚어졌다
숲에서 어울리던 장끼와 까투리가
인기척에 날아 수시로 하늘의 바람이 된다

오월의 바람은 메밀꽃의 미소였고
유월의 하늘은 꿩들의 자유였다
삼복에 꿩 메밀국수 한 그릇을 앞에 놓고
칠월의 시간을 하늘에 그린다
꿩은 하얀 속살을 내보이기 전 화려한 치장으로
성읍의 보름왓을 마음껏 날았다
메밀꽃 물결치는 바람을 유영했다

미소 가득한 중산간 자유의 시간이
중앙로 사거리에서 꽃 피었다
시장통 꿩 메밀국수는 보롬왓의 맛이다
거칠고 투박하여 뚝뚝 끊어지는
겉과 속이 하나인 팔월의 맛

관덕정 일기_72

기로에서

돌아가지 않기로 했다
결심을 하고 다시 흔들린다
이정표가 없는 길이라고
안 갈 수는 없는 일이다

길은 어디로든 통하게 되어 있다
가다보면 이르게 되는 것이다
나아가는 일을 어찌 다 보고 가랴
과거가 되어버린 결정에는
곧 이정표가 생길 것이다

갈등은 이내 해소될 것이나
회한에 젖을지도 모른다
이정표가 세워져 가리키는 것은
길이 확인되었기 때문이다
새로운 길에는 이정표가 없다
수많은 삶의 시작에
같은 곳으로 가는 길은 없다

궁극의 목적에 이른다 해도
가지 말아야 할 때는 말아야 하는 것이다
결심을 하는 순간 이정표는 세워진다
제주민속사박물관 가는 길에서
중앙로를 빠져 나가고 있다
정해진 길을 두고 새 길을 간다

관덕정 일기_73

집으로 걸어가는 길

야근하는 날에는 어둠이 일찍 온다
어둠속에서는 선명해진다
멀어진 거리만큼 별이 뜨는 도두봉 언덕
밤하늘이 환하게 빛난다

열시가 넘어 발길이 뜸해진 길
혼자 걷는 거리에서 불빛을 밟으며 간다
걸음의 속도에 맞춰 주위는 깜깜해진다

집으로 가려면 비어있는 정류장을 지나야 한다
버스의 간격만큼 빈 하늘에는 어둠이 빛난다
생각들이 모여 별이 되듯
별의 감도 그대로 마음에 높이 뜬다

모두가 잠든 시간을 지나고
하늘에는 어둠이 그대로 자리할 것이다
만남과 헤어짐과 그리움과 잊혀짐이
달려가는 마음의 새로운 별로 뜬다

관덕정 일기_74

냉장고를 비우다

혼자 살아가는 살림살이에
냉장고가 비어가는 건 순간이다
떨어져 있는 동안 그렇게
마음 또한 비어가기 때문이다

채울 때에는 비어가는 걸 배려해야 한다
망설임 없이 상을 차리는 무관심에
집 반찬이 하나씩 줄어들면서
관계의 끈을 느슨하게 했다

정성이 비어갈수록 걱정이 채워지고 있다
새로이 냉장고를 채워야 할 때
보내주마 하여도 마다하였던 것은
걱정거리를 줄이려 함이다
삶은 같은 공간을 공유해야하므로
하나로 채우려면 냉장고를 비워야 한다

몇 번이고 시장을 갔다가 돌아온다
채우고 비우고 또 비우는 날
갈등의 공간은 사라질 것이다
마음이 일어나 풍요로운 날에는
냉장고를 깨끗이 비울 것이다
혼자 사는 일이 다 되어 가는 까닭이다

관덕정 일기_75

적막 같은 휴식

아무 것도 안하고 쉬기로 했다
더위가 들어오지 못하게 창문을 닫고
시간이 빠져 나가지 못하게 눈을 감으니
바닥에는 바다가 그대로 들이치고
천장에는 구름과 하늘이 자리한다

반나절이 그렇게 지나고 있다
의식에서 무의식을 오가고 있다
삼복더위 들락거리던 바람구멍을 통해
모기는 자연 속으로 돌아갔다

아침저녁으로 꺾인 더위도 참을만하다
꽃 진 다음에 더 푸르러지는 것처럼
시간은 가고 기다리는 날은 오는 것이다

계피나무 껍질 수액으로 정화를 한다
미리맡에 두고 눈 감이 품으니
사방에서 푸른 수목이 자라나고
쉬는 내내 평온하다

관덕정 일기_76

영화 덕혜옹주를 보며

한 사람의 생에 깊이 들어가는 일
눈물겨운 삶을 켜켜이 끄집어내어
어루만져 주는 일은 어렵다
그대의 삶속에 내가 들어갔던 것은
운명이었을 것이다

함께 하였으므로 각인된 흔적들
누구든 생애를 함께하는 동안
하고 싶었던 일과 그렇지 못한 일이 있다
스스로 빠져 나오지 못했던 무기력은
돌이킬 수 없는 안타까움이다

그가 지향할 수 있는 것은 무엇이었을까
덕수궁에서 잠시의 행복을 접고
길고 어두운 길을 걸어야 했던 삶
굽은 등을 추스리며 돌아온 고국에서
잃었던 정신을 다시 꿈 꿀 수 있었을까

내가 그대의 삶속에서 나오지 않는 한
운명은 바뀌지 않을 것이다
누군가와 삶을 나누어 가는 일은
시간을 공유하고 함께 숨 쉬는 것이다
한 사람의 생에 깊이 들어가
어루만져 주는 것이다

관덕정 일기_77

정방폭포에서

믿을 수 없었다
믿지 못하여 주저했다
정방의 정수리에서 뛰어 내리는 순간
이내 바다에 이를 줄 알았다
민물을 헤쳐 나가지 못하고 맴도는
숱한 소용돌이를 알지 못했다

언제 도달할 목적인가
되돌아갈 수 없는 길 끝에서
하늘에서 떨어지는 폭포를 바라본다
바다로 나아가려 달려온 세월의 물길
인내와 갈등의 갈림길에 있다

주저 없이 떨어져야 한다
정방의 정수리를 뛰어 내리는 순간
다른 세계에 도달함을 꿈꾸며
민물이었던 시간들은 잊어야 한다

온몸을 날려 바다가 되어야 한다
어느 하나로 남을 수 없다면
물결이 뒤집어지기를 기다려야 한다
날마다 똑같은 자리로 떨어지는 정방폭포
바다와 하늘의 가장 가까운 쪽으로 흘러
경계를 넘어서야 하는 것이다

관덕정 일기_78

해후

잠결에 손을 뻗는다
주먹 쥔 사이로
어둠이 한 줌 빠져 나간다
단단해졌던 마음의 일부가
단숨에 이완된다
날이 밝는 시간
아내는 어디로 갔는가
희미한 창문에 낯선 것이
어른거리며 무뎌진다
멀리 떠나와 있었구나
떨어져 다르게 살아가고 있었구나
잠결에 서로의 몸을 당기는 것은
때가 되었다는 것이다
수위를 맞추려 흐르는 물은
한시도 멈추지 않는 마음과 같다
해후가 이루어질 것이다
잠결에 아침을 맞는다

관덕정 일기_79

떠나가는 길

신호등에 빨간불이 켜지자
모든 것이 멈추어 선다
그대의 젊은 날과 주변을 맴돌던 시간들이
그대로 정지하는 아침
보지 못하고 지나쳐 온 것들이
건널목 앞에 선명하게 서 있다

삶이 매끈하게 풀리려면
흘러가는 것들을 그대로 보내야 한다
시간이 멈추도록
무심하게 지켜보아야 한다

멀리 산을 바라보면
조금 더 가까이에 서 있거나
조금 더 멀리에 서 있어도 같지 않은가
바라보기를 그치면 또한 어쩔 것인가

꿈을 향하던 시간은 모두 그대로이다
정지되어 있는 마지막 순간이 중요한 것이다
새로운 출발을 위한 시작이다

관덕정 일기_80

숨비소리

해녀가 뭍으로 올라왔다
숨비소리는 들리지 않는다
해변에 둥지를 튼 천막을
바닷바람이 흔들어 대고 있다
바다를 두고 나와 표류하는
해녀의 삶은 점점 건조해져 갔다
멍게와 해삼과 소라와 문어
노회한 해녀는 물질을 그쳤으므로
또 다른 어부의 손에서 잡힌 해물을
무겁게 썰어 내고 있다
시끌한 난장의 햇살을 가린 포장이
짙은 그늘을 넓혀가고 있다
물속에서 참던 긴 숨의 시간이
해녀들은 더 좋았을 것이다
뜨네기 손님들의 농지거리가
물살 보다 거세게 들이친다
햇살 좋은 날 반짝이는 물빛을 뚫고
바닷속에서 막 캐낸 싱싱함을 쳐들어
포효하며 내쉬는 그 숨소리가
파도에 묻히는 시간

멍게 꼬투리를 자르던 손길이 멈춰진다
퍼덕이던 포장이 하늘을 덮으면
커다란 청가오리 한마리가
남태평양을 향하여 유영하고 있다

관덕정을 떠나며

제주관아 앞에는 관료들이 심신을 수양하던 터 관덕정이 있다. 제주에 도착한 이후 잡은 곳이 관덕정 바로 앞의 원룸이었다. 삶은 격랑을 겪으며 쉬어가는 여울이 있다. 몇 번의 굴곡 속에서 맞는 제주에서의 시간은 희망이었고 재활의 의지였다. 초여름에 시작하여 늦여름에 끝난 90일간의 제주생활. 뼈만 남았던 삶에 양분을 채우며 피를 생성하였고 근육을 키우는 시기였다.

매일 아침 일을 하러 나가다가 보는 관덕정. 매일 저녁 일을 마치고 돌아오는 길에 만나는 관덕정. 때로는 하염없이 앉아 있기도 하고 무심히 지나치기도 하였지만 관덕정은 늘 그 자리에 있었다. 수목원이나 한라산, 항구나 포구 그리고 바닷가 등을 발로 만나며 사람들과 교류하였다. 시장이나 일터에서 고단하게 만나기도 하고 여행을 하며 만나기도 하고 전시회나 영화, 공연 등 문화적인 소양도 갖추면서 만난 시간을 추억한다.

살기 위해 시작한 여행의 끝에는 삶의 아름다움과 존재의 의미가 있었다. 사소한 바람 하나에서 햇살, 들풀과 보도블럭에 이르기까지 삶의 지표를 향하는데 도움이 되었다. 일기와 같이 시를 썼다.

글을 썼다. 하나도 버리지 않고 다 살리려 애썼다. 삶에서 버릴 것은 하나도 없었다. 삶은 살아 있으므로 행복한 것이다. 꿈만 같았던 시간들을 회고하며 행복에 빠진다. 직접적이거나 간접적으로라도 모두 행복했으면 좋겠다.

관덕정에는 문이 없다
사람들이 들이쳤다 밀려 나간다
그림자와 바람도 수시로 들락거린다
문을 닫는다고 멈출까
여전할 것이다
오랜 세월 그러는 이유가 있을 것이다
오지 않는 것들을 기다리거나
대부분은 잊었을 것이다
들던 것들이 오지 않는다 해도
앞뒤 없이 반길 것이다
관덕정 바라보기를 그치려한다
다른 대상이 눈에 들 것이다
삶의 물길은 지나봐야 안다

평온하던 물길이 때로는 소가 되고
때로는 폭포가 된다
지금 어디를 흐르고 있더라도
목표를 향해 갈 것이다
관덕정의 문을 닫는 것은 하나의 물길을 닫는 것이므로
그저 몸을 맡긴 채
관덕정 앞에서 500번 버스를 탄다
버스는 또 다른 물길을 여는 매개가 될 것이다

후기

제주 유감

제주를 떠나오는 게 아니었다
하나를 찾고자 다시 하나를 두었고
그리움은 그리움을 상쇄하지 못했다
푸른 하늘을 그대로 두고 오는 게 아니었다
바라만 보아도 가슴을 탁 트이게 하던 바다를 두고
하늘 가득한 가공의 숲에서는 숨이 제대로 쉬어지지 않는다
같은 하늘로 이어진 길이었지만
바다를 건너는 순간 다르다는 걸 알았다
바다와 하늘의 경계는 마음과 몸의 경계와도 같았다
그날 밤 마음보다 먼저 몸이 무너져 내렸다
하룻밤을 지내고 다시 밤이 되었다
하루를 견뎌낸 몸에 이상이 생겼다
미열이 나고 식은땀이 그치지 않는다
두꺼운 어둠은 깨지지 않는 침묵이었다
문을 열어 하늘을 보아도 숨은 가빠졌다
좀 더 먼 하늘을 바라다본다
답답함은 내 안에 있었던 것이다
마음을 끌어내어 숨 쉴 공간을 만든다
몇 번을 지쳐 떨어져도 잠은 오지 않는다
생각의 끈을 풀어 놓아야 할 것이다

두고 온 푸른 것들을 마음에 끌어들이자
졸음이 밀려온다
길가 작은 꽃을 흔드는
사소한 바람 하나가 그리운
제주를 떠나오는 게 아니었다
하나를 두고 하나를 찾았고
온 밤은 그리움끼리 상쇄하고 있었다

관덕정 일기

이금한 지음

발 행 처 · 도서출판 청어
발 행 인 · 이영철
영 업 · 이동호
홍 보 · 천성래
기 획 · 남기환
편 집 · 방세화
디 자 인 · 이수빈
제작이사 · 공병한
인 쇄 · 두리터

등 록 · 1999년 5월 3일
(제1999-000063호)

1판 1쇄 인쇄 · 2019년 10월 20일
1판 1쇄 발행 · 2019년 10월 30일

주소 · 서울특별시 서초구 남부순환로 364길 8-15 동일빌딩 2층
대표전화 · 02-586-0477
팩시밀리 · 0303-0942-0478

홈페이지 · www.chungeobook.com
E-mail · ppi20@hanmail.net
ISBN · 979-11-5860-699-2(03810)

이 도서의 국립중앙도서관 출판시도서목록(CIP)은 서지정보유통지원시스템 홈페이지(http://seoji.nl.go.kr)와 국가자료공동목록시스템(http://www.nl.go.kr/kolisnet)에서 이용하실 수 있습니다.(CIP제어번호: CIP2019039755)